CANTIQUES

A

S. ANTOINE DE PADOUE

PAR

LE T. R. P. MARIE-ANTOINE

Missionnaire Capucin

MIS LA PLUPART EN MUSIQUE

PAR

M. L'ABBÉ HEIRFFELINCK

Curé de La Sentinelle (Nord)

Publiés avec la permission des Supérieurs de l'Ordre

PRIX : **0,25** CENTIMES

LIBRAIRIE RELIGIEUSE H. OUDIN

PARIS
10, rue de Mézières

POITIERS
rue de l'Éperon, 4

1895

Echo de saint François et de saint Antoine de Padoue. *(Revue mensuelle.)*

La multiplication toujours croissante des Fraternités du Tiers-Ordre dans le Midi de notre France, et les proportions vraiment merveilleuses que prend de plus en plus le culte de saint Antoine de Padoue rendent cette nouvelle Revue particulièrement opportune.

Elle s'efforcera d'intéresser ses lecteurs par des conférences, des variétés, des nouvelles ; elle fera connaitre de plus en plus le patriarche de l'Ordre Séraphique et son glorieux fils saint Antoine de Padoue, et elle publiera les miracles accomplis par ce grand Thaumaturge et les grâces obtenues par son intercession.

Les Révérends Pères Capucins du Couvent des Capucins de Toulouse, Côte Pavée, sont chargés, par leur T. R. P. Provincial, de la rédaction de cette Revue mensuelle. On peut écrire au couvent à l'adresse : au Révérend Père Rédacteur de *l'Echo de saint François et de saint Antoine de Padoue.*

PRIX DE L'ABONNEMENT :

3 fr. par an. — Etranger : 4 fr.

On s'abonne à TOULOUSE, chez M. le Gérant,
17, Côte pavée Montaudran.

AUX AMIS

DE SAINT ANTOINE DE PADOUE

Voici quelques cantiques ardemment désirés et demandés avec instance : nous sommes heureux de les offrir à tous les pieux amis de saint Antoine de Padoue.

«Louons le Seigneur dans ses saints,» s'écrie le Prophète-Roi : *Laudate Dominum in sanctis ejus.* N'est-ce pas dans ses saints qu'il déploie la splendeur des merveilles de son amour ? *Mirabilis Dominus in sanctis suis.*

Si tous les saints méritent qu'on chante leur gloire, quel saint est plus digne de nos chants que celui que caressa Jésus et dont la terre entière publie les vertus, la puissance et la bonté ?

Partout il multiplie ses miracles ; partout on raconte ses bienfaits.

Chantons, publions ses grandeurs, et que le ciel et la terre applaudissent à nos chants ! Que les anges et les séraphins nous prêtent leurs accords, et que tous ceux qui l'aiment nous prêtent leurs voix pour redire avec nous :

**Gloire ! Louange ! Reconnaissance ! Amour
à saint Antoine de Padoue**

LE SÉRAPHIQUE FILS DU GLORIEUX FRANÇOIS D'ASSISE ET LE BIEN-AIMÉ DE JÉSUS ET DE MARIE !

Imprimatur :

† Card. DESPREZ,

Archev. de Toulouse.

Toulouse, 10 novembre 1893.

1er CANTIQUE

Souvenez-vous de saint Antoine de Padoue

Paroles et musique du P. Marie-Antoine.

car je la fais à vos ge - noux souvenez vous
Solo
Sou — venez vous. Les siè cles re cu lés ra
coulant votre gloire nous disent que toujours quant on vous a prié Je
sus nous a sou-ri ce qu'affirme l'histoi re cha

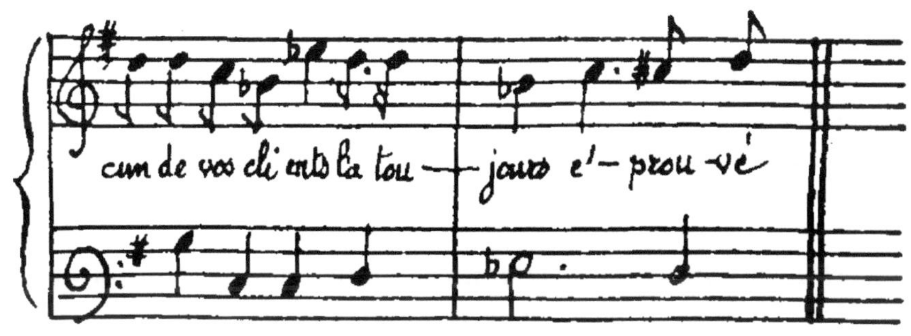

REFRAIN

Souvenez-vous, ô tendre frère,
Au cœur si grand, si bon, si doux,
Qu'il faut exaucer ma prière,
Car je la fais à vos genoux.

1.

Les siècles reculés, racontant votre gloire,
Nous disent que toujours, quand on vous a prié,
Jésus nous a souri. Ce qu'affirme l'histoire,
Chacun de vos clients l'a toujours éprouvé.

2.

O séraphique saint, voyez couler nos larmes,
Nous plions sous le poids des douleurs de l'exil.
Comment trouver la paix dans de telles alarmes
Sans un secours de vous ? Sauvez-nous du péril !

3.

D'un pain miraculeux nourrissant l'indigence,
Les objets égarés sont par vous retrouvés.
Jamais vous ne trompez du pauvre l'espérance :
N'êtes-vous pas l'ami de tous les affligés ?

4.

Grand Saint, aux vœux de tous inclinez votre oreille,
Le vieillard et l'enfant ont droit sur votre cœur
Sur tous les malheureux toujours votre cœur veille.
A l'âme qui gémit, oh! rendez le bonheur.

5.

Nous levons tous vers vous nos deux mains suppliantes.
Vous êtes si puissant sur le Cœur de Jésus !
Vous entendrez nos vœux, nos prières ardentes,
Et vous nous conduirez au séjour des élus !

2e CANTIQUE

O Gloriosa Domina

CANTIQUE DE S. ANTOINE DE PADOUE A LA REINE DES CIEUX

Paroles et musique du R. P. Marie Antoine.

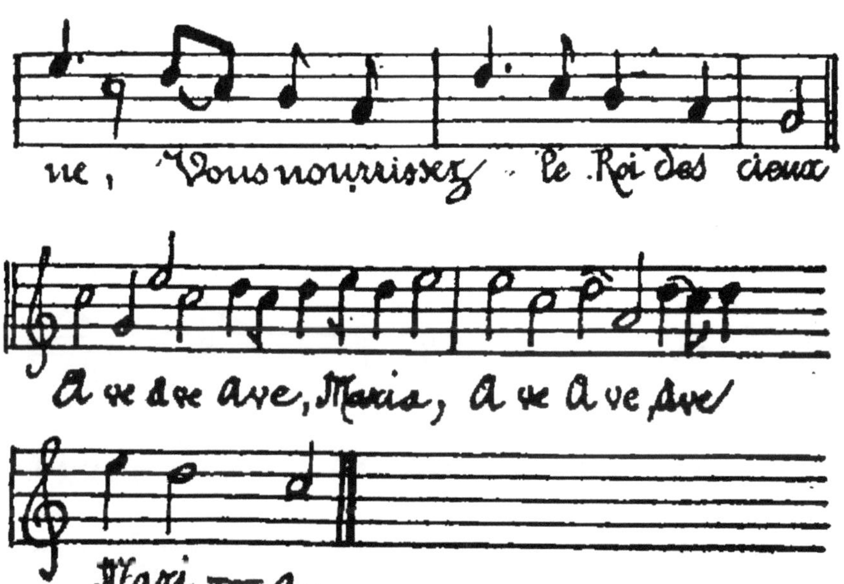

2e COUPLET

Tout ce qu'Ève la criminelle
Ravit aux malheureux humains,
Vous le rendez, Vierge immortelle,
Donnant la grâce à pleines mains.

3e COUPLET

Par Vous, nous vient le Roi de gloire ;
Par Vous, j'entre dans la Patrie.
Applaudissons, chantons victoire,
Honneur, amour, gloire à Marie !

4e COUPLET

Gloire à Jésus, Fils de Marie,
Fils du Très Haut, Verbe éternel !
Gloire au Père, Auteur de la vie !
Gloire à l'Esprit qui règne au ciel.

3ᵉ CANTIQUE

Cantique à S. Antoine de Padoue

Air de N.-D. de Soulac de Bordeaux.

Paroles du R. P. Marie Antoine

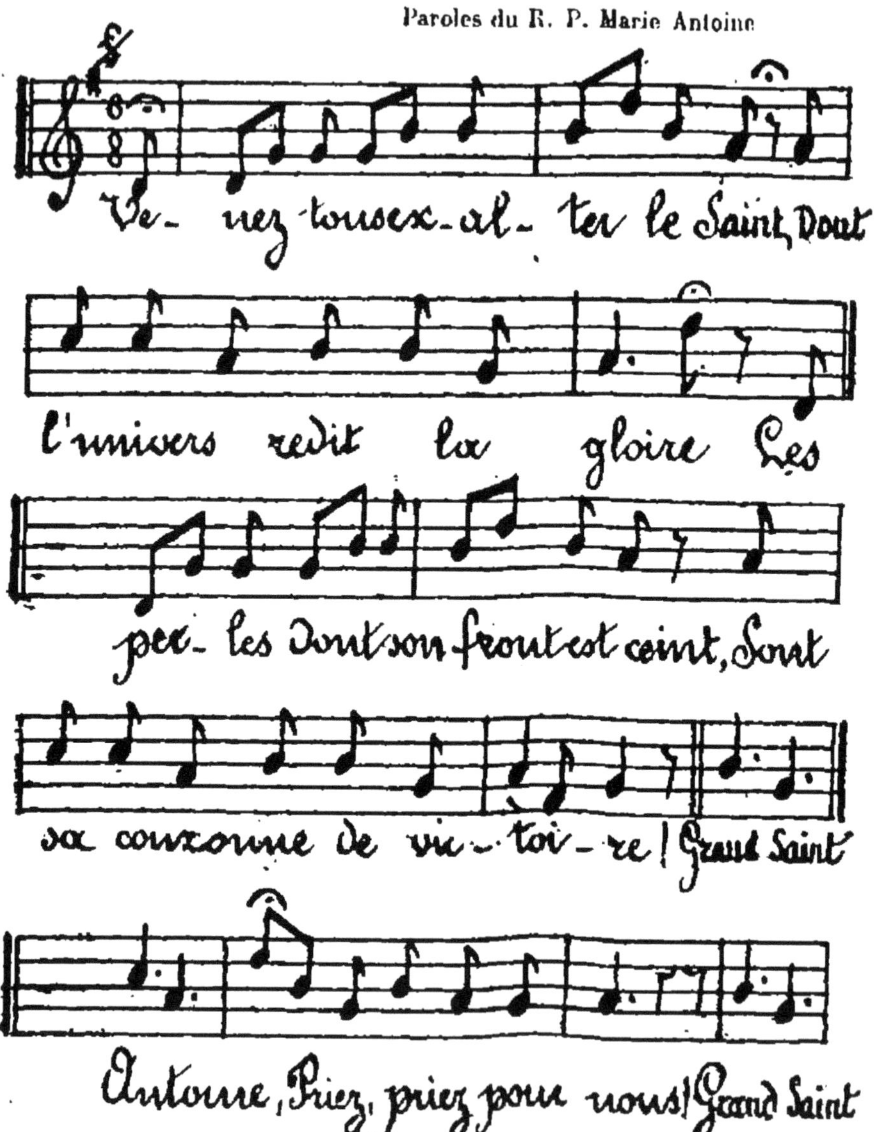

1er COUPLET

Venez tous exalter le Saint
Dont l'univers redit la gloire ;
Les perles dont son front est ceint
Sont sa couronne de victoire.

2e COUPLET

Chantons en chœur, chrétiens pieux,
Gloire et amour à saint Antoine,
Et contemplons le Roi des cieux
Tant caressé par l'humble moine.

3e COUPLET

Au grand jour de l'Assomption
Le Ciel le fit naître sur terre.
Aussi quelle dévotion
Pour la Vierge sa bonne Mère !

4e COUPLET

A l'école de saint François
Il apprit à vaincre le vice,
Et soumit tout au Roi des Rois
Grâce à la croix triomphatrice.

5e COUPLET

Il quitta tout pour son Jésus,
Foulant aux pieds richesse et gloire ;
Il orna son cœur de vertus,
Volant de victoire en victoire.

6e COUPLET

Dans ses bras le divin Enfant
Sourit joyeux et le caresse ;
Et notre Saint, en tressaillant,
Se fond d'amour et de tendresse.

7e COUPLET

Les poissons viennent, à sa voix,
L'écouter joyeux et dociles ;
Et bientôt au pied de la croix,
Tombent les pécheurs indociles.

8e COUPLET

La mule adore à deux genoux
Jésus présent dans son Hostie.
En la voyant : « Pardonnez-nous ! »
Dit, en pleurant, la troupe impie.

9e COUPLET

Vit-on jamais Saint glorieux ?
Faisant partout tant de miracles ?
Il parle en maître dans les cieux ;
Tous ses désirs sont des oracles.

10e COUPLET

Tout ce qu'on veut est accordé,
Dans quelque peine qu'on se trouve ;

Et ce qu'on perd est retrouvé :
Ce qu'on raconte nous le prouve.

11e COUPLET

Pour ce grand Saint brûlons d'amour.
Imitons-le, c'est notre frère.
Baisons ses pieds, et, tour à tour,
Adressons lui notre prière.

12e COUPLET

Promettons-lui de lui donner
Du pain, pour le pauvre en souffrance :
Il nous fera tout pardonner
Et, par là, sauvera la France.

4e CANTIQUE

Cantique à S. Antoine de Padoue

Sur l'air de l'*Ave Maria* de Lourdes ou sur les airs suivants.

Andantino.   Paroles du R. P. Marie-Antoine.

REFRAIN. (Grand saint Antoine,) bis
(A toi notre amour.)

ou *Chantons, aimons l'ami de Jésus*

Au concert des anges
Unissons nos voix,
Chantons les louanges
Du fils de François.

Dès son plus jeune âge
Il brûle d'amour,
Et veut pour partage
Jésus sans retour.

Jésus le caresse,
Et lui, sur son cœur,
L'adore, le presse,
Tout brûlant d'ardeur.

Toute sa richesse
Est sa croix de bois ;

Toute son ivresse
Est Jésus en croix.

Sa plus grande gloire
Est l'humilité;
Sa grande victoire
Est la pauvreté !

La plus pauvre bure
Est son vêtement,
La corde en ceinture
Tout son ornement.

Lui, fils de famille,
Il marche pieds nus,
Et tout ce qui brille
Ne le charme plus.

Il vit solitaire,
Puis il va prêcher
Par toute la terre
Pour le faire aimer.

Vertus admirables,
Extases d'amour,
Prodiges, miracles
Prêchent tour à tour.

Il parle, il enflamme,
Il ravit les cœurs,
Et convertit l'âme
Des pauvres pécheurs.

La Vierge sa mère
Toujours lui sourit
Pendant sa prière,
Et puis le bénit.

Le poisson docile
Entend son sermon ;
Le peuple indocile
Dit alors : Pardon !

Adorant l'Hostie,
La mule à genoux,
Dit : Crois donc, impie,
Aime un Dieu si doux.

Perle séraphique !
O Saint ravissant !
O Saint héroïque !
O Saint si puissant !

Par lui l'on retrouve
Les objets perdus,
Par lui le ciel s'ouvre
Et sourit Jésus.

Quiconque l'implore
Obtient tout de lui ;
Quiconque l'honore
L'aura pour appui.

Volons à sa suite,
Brûlant tous d'ardeur ;
Nous mettrons en fuite
L'enfer en fureur.

2e et 3e air : Musique de M. l'abbé Contenson,
maître de chapelle à Montauban.

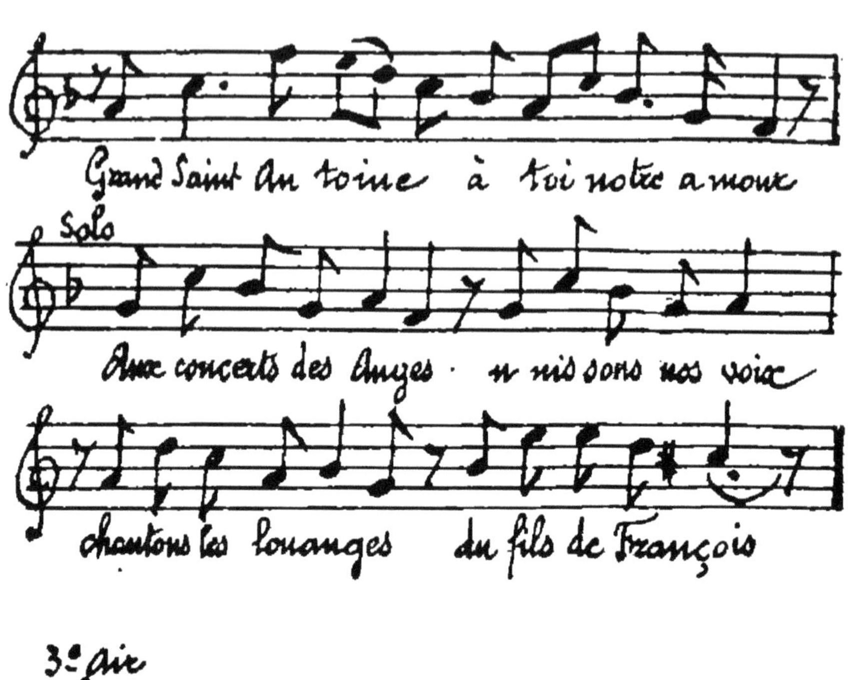
Grand Saint An toine   à toi notre a mour
Solo
Aux concerts des Anges . u nis sons nos voix
chantons les louanges   du fils de François

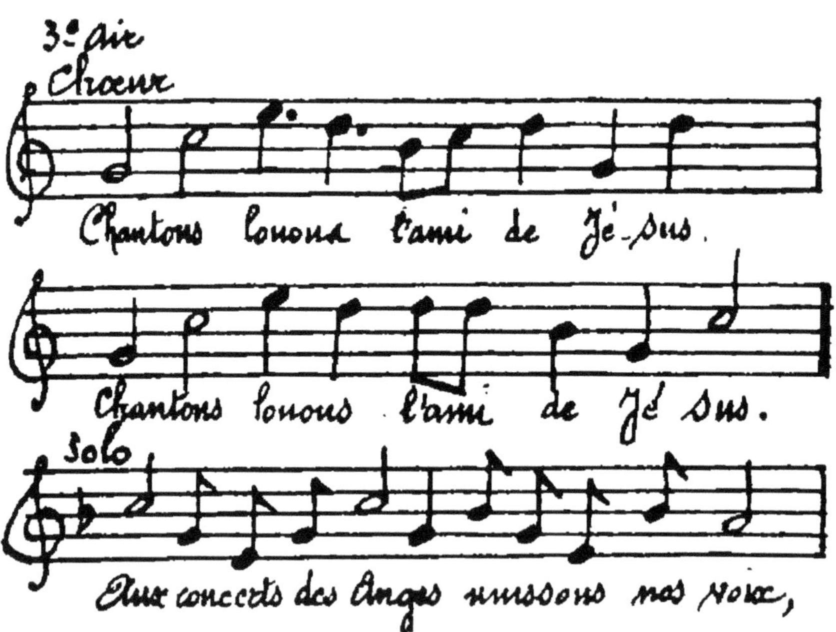
3e air
Chœur
Chantons louons l'ami de Jé _ sus.
Chantons louons l'ami de Jé sus.
Solo
Aux concerts des Anges unissons nos voix,

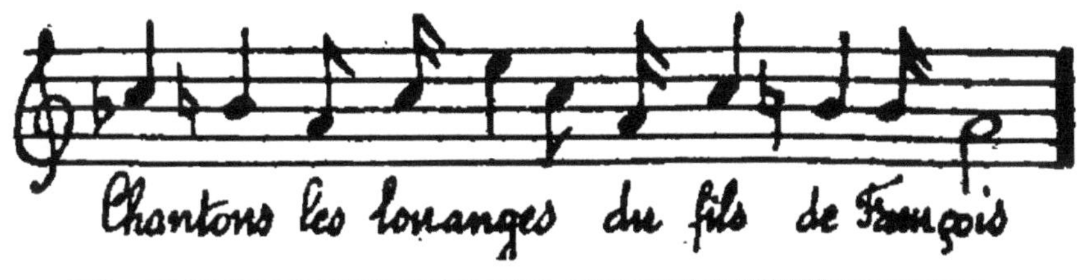

5e CANTIQUE

Cantique à S. Antoine de Padoue

Air : *Unis au concert des Anges* ou sur les airs suivants.

Cantabile

Paroles du P. Marie-Antoine.

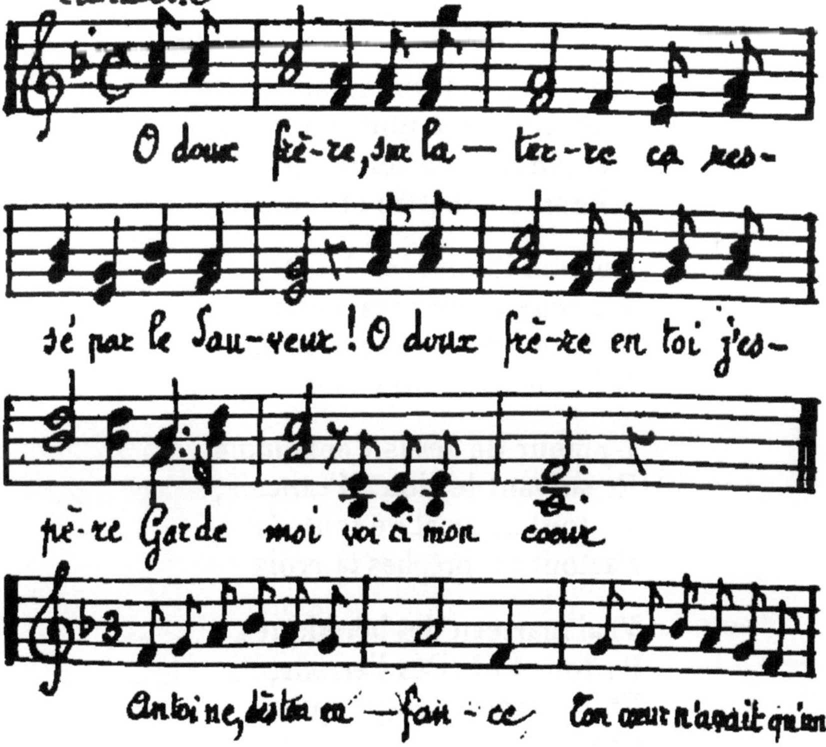

REFRAIN

O doux frère
Sur la terre,
Caressé par le Sauveur !
O doux frère,
En toi j'espère.
Garde-moi, voici mon cœur !

Antoine, dès ton enfance,
Ton cœur n'a plus qu'un désir :
Le martyre, la souffrance,
Aimer, combattre et mourir.

Comme l'humble violette,
Tu veux cacher tes vertus;
Mais en vain, car sur ta tête
Brille le sceau des élus.

L'amour de Jésus t'enflamme,
Et suivant le doux François,
De tout cœur et de toute âme,
Partout tu prêches la croix.

Vrai marteau des hérétiques,
Partout tu brises l'erreur,
Et tes accents séraphiques
Comme un trait percent le cœur.

Brûlant d'amour pour Marie,
Elle vient t'offrir Jésus,
Et t'enrichir dès la vie
Du beau trésor des élus !

Pour prouver l'Eucharistie,
Toulouse voit, à genoux,
La mule adorer l'Hostie.
Oh ! croyons, adorons tous.

Les poissons viennent l'entendre,
Levant leur tête sur l'eau,
Et l'on voit les cœurs se fendre :
Jamais miracle si beau !

Pour délivrer ton vieux père,
Condamné quoique innocent,
Tu t'envoles de la chaire
Pendant ton ravissement !

Ta langue vermeille et pure
A triomphé de la mort ;
Dans ses mains, Bonaventure
La baisait avec transport.

Tout objet, quand on te prie,
Est aussitôt retrouvé ;
Et tu fais trouver la vie
Au cœur le plus égaré.

Arche sainte de l'Eglise,
Ton amour est mon trésor ;
A ton nom, mon âme éprise
Vers le ciel prend son essor.

Antoine, brillante étoile,
Lis pur entre tous les lis,
Sois mon guide, enfle ma voile,
Viens m'ouvrir le paradis.

2ᵉ air pour ce Cantique *O doux frère* (air connu).

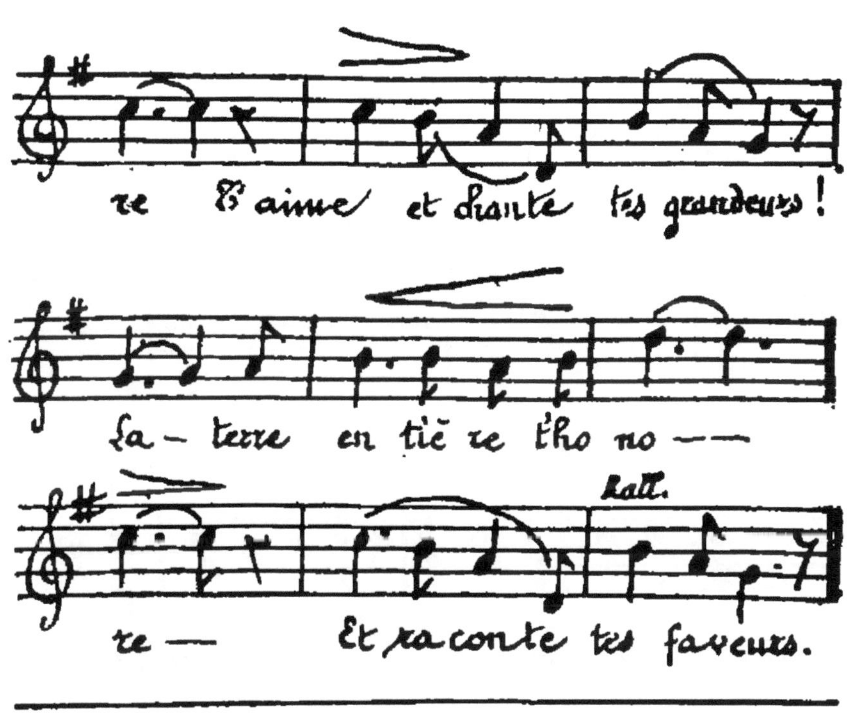

6ᵉ CANTIQUE

Cantique à S. Antoine de Padoue

Air : *Goûtez, âmes ferventes* ou l'air suivant.

Paroles extraites du cantique du P. Marie-Antoine.

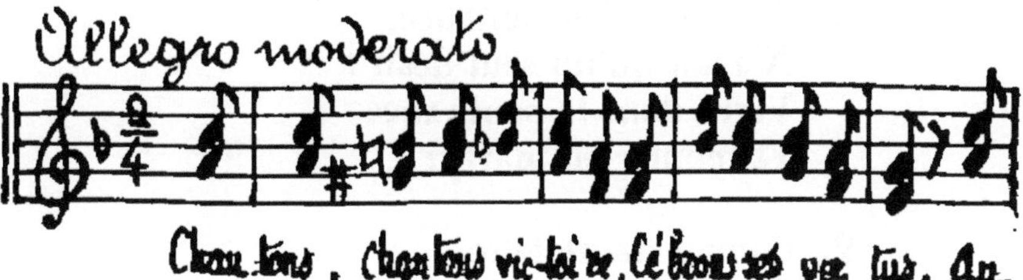

REFRAIN

Chantons, chantons : Victoire !
Célébrons ses vertus !
Au séjour de la gloire,
Il règne avec Jésus.

1. Antoine, dès l'enfance,
   N'avait qu'un seul désir :
   Vivre dans la souffrance
   Et mourir en martyr.

2. Comme la violette,
   Il cachait ses vertus ;

Dieu couronna sa tête
Des splendeurs des élus.

3. Docile aux saintes grâces,
   Il suivit saint François :
   Il marcha sur ses traces,
   Prêchant partout la Croix.

4. Marteau des hérétiques,
   Il broyait leurs erreurs ;
   Ses accents séraphiques
   Pénétraient tous les cœurs

5. Il reçut de Marie
   Le saint Enfant Jésus,
   Goûtant, dès cette vie,
   Le bonheur des élus.

6. Il présente l'Hostie,
   Et la mule à genoux
   Se prosterne, et l'on crie :
   Croyons, adorons tous !

7. Les poissons accoururent
   Entendre son sermon ;
   Tous les témoins s'émurent,
   Tous demandaient pardon.

8. Pour délivrer son père,
   Innocent condamné,
   On le vit, de la chaire
   A Lisbonne emporté.

9. Sa langue fraîche et pure,
   Que respecte la mort,
   A saint Bonaventure
   Causait un saint transport.

10. Celui qui sollicite
    Avant tout la vertu,
    Par lui retrouve vite
    L'objet qu'il a perdu.

11. Voulez-vous des miracles ?
    Demandez en son nom :
    Il brise les obstacles,
    Il chasse le démon.

12. Grâce à son assistance,
    L'erreur s'évanouit ;
    La mort craint sa présence,
    Et le malheur s'enfuit.

13. Son protégé fidèle
    Lui donnera du pain :
    L'aumône est bien plus belle
    En passant par sa main !

14. De ceux qui, dans la vie,
    Ont redit vos vertus,
    Consolez l'agonie,
    Menez-les à Jésus.

A S. Antoine de Padoue

Sur l'air : *Pitié mon Dieu.*

Paroles du P. Marie-Antoine.

REFRAIN.

Grand saint Antoine,
Perle des cieux,
O Séraphique moine,   ⎫ *Bis*
A toi nos chants pieux. ⎭

Pour te louer, je viens avec les anges,
Chanter ta gloire, exalter tes vertus :
A toi nos cœurs, nos vœux et nos louanges,
Aimable Saint que caresse Jésus !

Pour son amour tu méprisas la gloire,
Foulant aux pieds la couronne des rois,
Et puis volant de victoire en victoire
Dans tous les cœurs tu fis régner la Croix.

Rien n'a jamais abattu ton courage,
Rien n'a jamais affaibli ton ardeur,
Héros déjà, à la fleur de ton âge,
Je te salue, ô grand triomphateur !

Fils de Marie et marchant sur ses traces,
Tu viens au monde au plus beau de ses jours ;
A toi son cœur, à toi toutes ses grâces :
Dis un seul mot, elle vole au secours !

Quand, à ta voix, les poissons pour t'entendre
Accourent tous se rangeant devant toi,
Plus pervers on vit les cœurs se fendre
Et du Seigneur reconnaître la loi.

Devant Jésus immolé dans l'hos ie,
Tu fais tomber une mule à genoux.
Chrétiens, chantons : Vive l'Eucharistie !
Prions, pleurons, aimons, adorons tous !

Quand à Padoue Ezzelin le Féroce
Veut opprimer ton peuple bien-aimé,
Bravant sa rage et sa fureur atroce,
Tu viens, il tremble et tombe foudroyé.

Reviens grand Saint, reviens dans notre France,
Ce beau pays de tes nobles aïeux.
Rends-lui la foi, l'amour et l'espérance,
Il est si cher à la Reine des cieux !

Cris d'amour à saint Antoine de Padoue

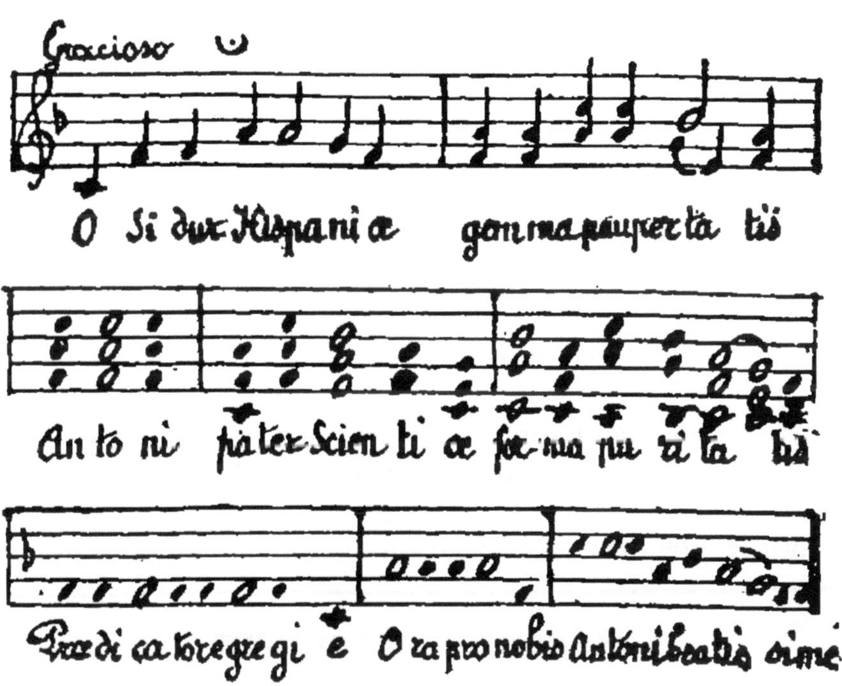

O Sidus Hispaniæ,
Gemma paupertatis,
Antoni, pater scientiæ,
Forma puritatis.
Tu lumen Italiæ,
Apostolus Galliæ.

Doctor veritatis,
Tu sol nitens Paduæ
Signis claritatis.
Prædicator egregie,
Ora pro nobis, Antoni beatissime,
Ut tua interventione
Percipiamus gaudia vitæ.

***

O bel astre d'Espagne !
Perle de la pauvreté !
Antoine, père de la science !
Exemplaire de pureté.
Vous êtes la lumière de l'Italie !
Le saint apôtre de la France !
Le docteur de la Vérité !
Comme un soleil à Padoue
Vous resplendissez de l'éclat du miracle ! Priez pour nous.

Répons miraculeux

*Composé par saint Bonaventure en l'honneur
de S. Antoine de Padoue.*

(100 jours d'indulgence chaque fois ; plénière une fois le
mois, pour la récitation quotidienne pendant un mois.)

dæmon, le peu fu gi unt œ qui sucquat sa ni,
Ce dunt mare im cu la, membra ros que per di - tos
pe tunt, et ac ci piunt ju ve nes et ca - ni
Glo ri a Pa tri, et Fi lij o et Spi ri tu i sancto

Vous cherchez des miracles ? La mort, l'erreur, les calamités, la lèpre, le démon prennent la fuite : les malades recouvrent la santé.

La mer obéit ; les chaînes se brisent ; la jeunesse ainsi que la vieillesse demande l'usage de ses membres et ses choses perdues, et elle les reçoit

Les dangers disparaissent ; la nécessité n'existe plus. Racontez-le, vous qui l'avez éprouvé ; parlez, habitants de Padoue.

La mer obéit, etc.

Gloire au Père, et au Fils. et au Saint-Esprit.

La mer obéit, etc.

℣. Priez pour nous, bienheureux Antoine ;

℟. Afin que nous devenions dignes des promesses de Jésus-Christ.

Si quæris miracula, Mors, error, calamitas, Dæmon, lepra fugiunt, Ægri surgunt sani.

Cedunt mare, vincula ; Membra resque perditas Petunt, et accipiunt Juvenes et cani.

Pereunt pericula ; Cessat et necessitas ; Narrent hi, qui sentiunt, Dicant Paduani.

Cedunt, etc.

Gloria Patri, et Filio, et Spiritui Sancto.

Cedunt, etc.

℣. Ora pro nobis, beate Antoni ;

℟. Ut digni efficiamur promissionibus Christi.

Oraison. — Que la pieuse commémoration du bienheureux Antoine, votre confesseur, ô mon Dieu, réjouisse votre Eglise, afin qu'elle soit constamment munie de secours spirituels, et qu'elle mérite de posséder un bonheur sans fin. Par J.-C. N.-S. Ainsi soit-il.

On peut, sur le même air, chanter le *Sub tuum*.

Sub tuum.

Sub tuum præsidium
confugimus sancta dei genitrix,
nos tuas deprecationes

ne des pi ci as in ne-ces-si-ta-ti-bus
sed a pe-ri cu-lis cunctis libera nos semper
virgo gloriosa, et benedic-ta

Angelus

Air : *Ave Maria* de Lourdes.

Paroles du P. Marie-Antoine

REFRAIN : Ave Maria.

L'Archange à Marie
Dit : Salut à toi,
O Vierge choisie
Par le divin Roi.

Je suis la servante
Du Dieu créateur ;
Humble, obéissante,
J'attends mon Sauveur.

Et le Fils du Père
Descendit des cieux,
Devient notre frère
Pour nous rendre heureux.

Priez, ô Marie,
Pour tous vos enfants ;
O Mère chérie,
Entendez nos chants.

Bénédiction miraculeuse de S. François

† Que le Seigneur te bénisse.
Qu'il te conserve et tourne sa face vers toi.
Qu'il te fasse miséricorde et te donne sa paix.
Qu'il te montre toujours son divin visage et te donne sa sainte bénédiction. † Ainsi soit-il.

Bénédiction de S. Antoine de Padoue
contre les démons.

† Voici la Croix du Seigneur.
† Fuyez, ennemis.
† Le Lion de la tribu de Juda, fils de David, vous a vaincus. Alleluia, Alleluia, Alleluia.

TABLE

M. le curé de la Sentinelle, près de Valenciennes (Nord), auteur de la musique des derniers cantiques, recommande aux personnes qui ont confiance en saint Antoine de Padoue le tronc placé dans l'église de sa pauvre et populeuse paroisse.

Poitiers, typ. Oudin et Cⁱᵉ

IMAGES DE SAINT ANTOINE DE PADOUE
Chromo-lithographie et or, sur carte fine glacée

		Le cent.	Les 25
1. Apparition de l'Enfant Jésus à S. Antoine, avec litanies du Saint.		6 »	1 60
2. S. Antoine tenant l'Enfant Jésus entre ses bras.		8 »	2 25
3. *Même sujet que le n° 1*, grand format, avec prière.		9 »	2 50
4. Buste de S. Antoine avec pensée de S. François d'Assise.		11 »	3 »
5. *Même sujet que le n° 2*, bords découpés et dorés.		12 »	3 15
6. — — sur cart. noir, biseau or, appui-chevalet, la douz.			3 »

Gravures et reproductions photographiques

7. Gravures en noir : *L'Apparition*, avec dentelle, la douzaine.		2 20
8. S. Antoine debout porte l'Enfant Jésus, joli sujet phototypique, la douz.		2 50
9. — — sur carton noir, biseau or, —		4 25
10. Tableau de van Oer, belle photographie, format album, la pièce.		1 25
11. Tableau de Murillo, — — — —		1 25
12. Saint Antoine de Padoue et l'Enfant Jésus, d'après Murillo, —		1 25
13. — — — grand format, 20 × 28, la pièce.		4 »

Signets de S. Antoine de Padoue (NOUVEAUTÉ), jolis et curieux spécimens d'images tissées, 3 c. sur 13 c., fil et soie, la douzaine.   2 50

STATUES TRÈS SOIGNÉES DE S. ANTOINE DE PADOUE
Plastique

0m 12.	0 f 60	0. 40.		7 »
0. 15.	1 »	0. 45.		8 »
0. 21.	2 »	0. 60.		12 »
0. 32.	4 »	0. 65.		15 »

Emballages suivant la hauteur, de 0 fr. 50 à 3 fr. par Statuette. Réduction pour plusieurs dans la même caisse.

Plâtre-stuo très solide

1m » — 20 f. »		48 f. »
1. 05 — 25 »	Avec	58 »
1. 20 — 30 »	décoration	68 »
1. 25 — 34 »	artistique (1)	77 »
1. 50 — 50 »		103 »
1. 55 — 60 »		118 »

Emballages de 6 à 9 fr. pour les quatre premières tailles, de 12 et 16 r. pour les deux dernières.

(1) La décoration comprend les couleurs appropriées aux vêtements, filets or à la robe et au manteau, les chairs finement peintes couleur naturelle.

Nous pouvons donner par lettre des renseignements complémentaires pour les Statues précédentes ou pour de plus riches. Nous recommandons cependant ces modèles.

Consoles gothiques pour Statue

De 1m	6 f. »	Avec décorations	18 f. »
De 1 25	11 »	assorties aux Statues	25 »
De 1 35	16 »	décorées	31

Emballages 2. 75, 3. 50 et 4 fr. suivant taille.